KB083052

호박잎 우산을 쓰고

▲ 이순남 시집 〈버릇처럼 그리운 것〉 출판기념회

시와소금 시인선 · 137

호박잎 우산을 쓰고

詩 林 제6집

김영삼 김은미 김훈기 배인주 유지숙
이순남 임인숙 지은영 한경림 황영순

시와소금

▌시림詩林 연혁

1. 2005~2012년까지 강릉대학교 평생교육원 시창작반(지도교수 이홍섭)에서 공부한 수강생 중심으로 자연스럽게 동아리 만들어짐.

2. 2009년 : 6월 30일 행복한 모루에서 문우회 『詩林』 정식으로 결성, 2013년 11월 28일 강릉세무서에 문우회 『詩林』 단체 등록. (고유번호 226-80-14471)

3. 초대 회장 조수행(2009~2014), 2대 회장 임인숙 (2015~현재)

▌시림詩林 활동 사항

- 시화전 3회(2007~2009. 강릉대학교)
- 시인의 마을 주관 시낭송회 및 세미나 참여 9회(2013~2014)
- 시인의 마을 주관 「문학콘서트, 시와 가곡의 밤」 참여(2014)
- (사)교산 · 난설헌 선양회, 시인의 마을 주최 문화 올림픽을 위한 경포호수 누정 문학 기행 및 허균 문학작가상 수상자 문학 콘서트 참여(2014)
- 시 창작 아카데미 운영(2015~2016)
- 시림 시 낭송회 5회(2013~2015)
- 시림 시첩 발간 1회(2015)
- 시 동인지 '시림' 제1집 발간(2016.12.) 출판기념 시 낭송회(5회) 강릉문화재단 후원금으로 제작

- 시 동인지 '시림' 제2집 발간(2017.12.27.)
- 2017년 강릉독서 대전 행사 참여 「세상의 책 in(人)강릉」저자와의 대화 주관
- 시 동인지 '시림' 제3집 발간(2018.11.18.)
- 시 동인지 '시림' 제4집 발간 (2019.11.18.) 출판기념 시낭송회(6회) 강원문화재단 후원금으로 제작
- 시 동인지 '시림' 제5집 발간(2020.12.20.) 강릉문화재단 후원금으로 제작
- 시동인지 '시림' 제6집 발간 (21.12.30) 출판기념 시 낭송회(7회), 강릉문화재단 후원금으로 제작

▌회원 시집 현황

- 2017. 03 신효순 시집 『바다를 모르는 사람과 바다에 갔다』 시인동네
- 2017. 06 김영삼 시집 『온다는 것』 달아실
- 2017. 09 홍경희 시집 『기억의 0번 출구』 한국문연
- 2017. 10 황영순 시집 『당신의 쉼은 안녕하신지요?』 시와반시
- 2017. 11 한경림 시집 『결』 밥북
- 2019. 12 임인숙 시집 『몸은 가운데부터 운다』 달아실
- 2021. 11 이순남 시집 『버릇처럼 그리운 것』 달아실
- 2021. 11 유지숙 시집 『신림698번지, 오동나무 뿌리는 깊다』 글나무

| 차례 |

▋ 시림詩林 연혁

▋ 초대시

▋ 회원작품

이홍섭

첫눈이 말하다

모자(母子)

1965년 강원도 강릉출생. 1990년 《현대시세계》를 통해 시인으로, 2000년 《문화일보》 신춘문예를 통해 문학평론가로 각각 등단. 시집 《강릉, 프라하, 함흥》, 《숨결》, 《가도가도 서쪽인 당신》, 《터미널》, 《검은 돌을 삼키다》 등과 산문집《곱게 싼 인연》을 출간. 시와시학 젊은 시인상, 시인시각 작품상, 현대불교문학상, 유심작품상, 강원문화예술상 수상.

첫눈이 말하다 외 1편

첫눈이 말한다
당신이 무엇을 잃어버렸는지

첫눈이 와서
첫눈으로 돌아가면서 말한다
당신이 무엇을 잃어버렸는지 생각해봐

첫눈이 첫눈을 뜨며 말한다
지금 내리는 눈도 첫눈이라며

당신이 무엇을 잃어버렸는지
똑똑히 보라고, 다시 돌아갈 수 없는 첫눈에 대하여
다시 돌아갈 수 없는 사랑에 관하여

첫눈이 말한다
당신이 무엇을 잃어버렸는지

모자(母子)

얼굴이 까맣게 죽은 보살 한 분이 산속 노스님을 찾아와 울먹이며 하소연하길, 큰스님, 지는 그만 죽고 싶습니더. 글쎄 애지중지 키운 외아들이 드디어 사법고시에 올라 집안에 화색이 돌았는데, 그만 이 아들놈이 자기는 어려운 사람들을 돕는 인권변호사가 되겠다고 하고, 높은 자리에 있는 남편은 아들 보고 검사가 되라고 하고, 여러 날 둘이 원수처럼 싸우더니 그만 아들놈이 집을 나가버리고 말았습니더. 그때부터 남편은 저에게 애미가 자식을 잘못 키워서 그렇다고 날마다 구박을 해대니, 큰스님요, 저는 어쩌면 좋겠습니꺼.

노스님은 눈물 콧물 다 짜내는 보살을 가만히 보시더니 말씀하시길, 원래 크게 된 놈들은 다 집 나간 놈들이니 너무 걱정 마이소. 예수도 석가도 다 집 나가서 성인이 된 거 아니것소 보살님. 아드님도 다 크게 될라고 집 나갔으니 마음 편히 가지이소. 보살님도 아들 키울 때 매일같이 큰 놈 되라고 했을 거 아닙니꺼. 큰 놈 되겠다는데 무슨 걱정입니꺼.

노스님 말씀을 다 듣고 난 보살은 얼굴에 화색이 돌면서, 큰스님, 정말 그렇네요, 큰스님 말씀을 우리 남편이 들었어야 하

는디, 그런데 큰스님, 우리 아들놈이 정말 안 돌아오면 어쩌지
유, 그러면 전 진짜 못 살아유.

이언빈

안흥찐빵을 기억하는 방식 · 1

안흥찐빵을 기억하는 방식 · 2

강릉 사천 출생. 1976 《심상》 신인상으로 등단. 시집 『먹황새 울음소리』 등. 한국작가회의 회원. 목월회 회원. 대한민국문학상 수상.

안흥 찐빵을 기억하는 방식 · 1 외 1편

식탁에 놓인
말랑말랑한 기억 위에
나를 가만 눕혀본다
오십여 년 저편에서 배달된
입 안 가득 부풀어 오르는 허기 이것은 무엇인가
삼십 리 새벽길 걸어 도착한 강릉 차부
춘천행 일곱 시 첫차 동해상사 완행버스
국민학교 사학년 마치고
대처로 전학 가는 길
횡계 진부 대화 지나
늙은 버스 그렁그렁 기침해대면
승객들 내려 차를 밀고 오르던 눈 쌓인 방림재
허위허위 안흥에 와서야
헐한 빵떡으로 점심 얼른 요기하고
반나절 더 가야 하는
도청소재지는 참으로 멀었다
어둑서니 촌놈의 초행길 불안과 호기심을
차창은 수시로 풍경 갈아 끼우며 달래주기도 했지만

허기 적시며 내 몸속 들어와

머흔 인생길 함께 걸어준 단팥의 습습한 온기여

이제는 헐렁한 시 쓰는 나보다 훨씬 유명해진 찐방이여

평생 일군 내 가락이

가난한 이웃의 그늘 한 점 되지 못하는

이 끔찍한 부끄럼 헛헛한 가슴 속으로

함박눈 꼬리 흔들며 내려 쌓이는데

추억은 언제나 투덜거리는 완행버스 타고 오는가

푸른곰팡이처럼

축축한 시간에 담긴 내가

아직도 나를 제대로 읽지 못하는 내가

한 접시 부풀어 오르는 기억만 꾹꾹 눌러보는 밤이다

안흥 찐빵을 기억하는 방식 · 2

이 느므 지랄 같은 시상에선
글 쓴다고 밥이 나오남 술이 나오남
나랏님 욕이나 한 사발 퍼붓고
먼 산 바라기하는 이 찌질한 냥반아
헐한 빵떡이나마
단단히 요기 좀 하고
구불구불 방림재 조심히 댕겨가시우
연전에도 눈길 차 억수로 욕 보았느니
안흥 장터
솥가마 콧김 뿜어내는 창 밖
흐려지는 풍경 한 장 걸어 놓고
되새김질하는 헛헛한 가슴에
투박한 손 얹어주는
횡성 할머이 어여쁜 말본새여
그 속에 집 짓고 며칠 뒹굴었으면 하는
생각의 뒷덜미 후려치며
서서히 밀도 높이는 눈발
옛날에 앉아 오늘을 거니는 동안
오십 년도 더 지난 설화가 벌써 가지가지 수 다 놓았다

유금옥

감자꽃

울음에 대하여

2004년 《현대시학》에 시로, 2011년 조선일보 신춘문예에 동시로 각각 등단하였다. 시집 「줄무늬 바지를 입은 하느님」과 동시집 「전교생이 열 명」을 펴냈다.

감자꽃 외 1편

흙의 눈물 같은
감자꽃이 피었어요

뚝, 떨어질 듯
주르륵, 흘러내릴 듯

글썽글썽 피었어요
소리 내지 않고 우는 사람처럼

뒤돌아 앉아 우는 사람처럼
감자꽃이 피었어요

산등성이 비탈밭에
허름하게 피었어요

– 어무이! 하고 부르면

뒤돌아 앉은 사람의 등짝이
허물어질 듯 피었어요

울음에 대하여

새끼를 잃은
어미 소의 긴- 울음소리가
언덕을 넘어가는 봄날이었다

가시덤불에 구름을 문질러 놓은 듯
찔레꽃이 하얗게 피어있는 언덕길

국민학교를 갓 졸업한 언니를
인천 봉제공장으로 보내고 돌아온 어머니는

남의 둥지에 알을 낳고 온 뻐꾸기처럼
뒤뜰에 숨어서 여름 내내 울었다

그해 여름 장독대에는
재봉틀에 손가락을 다친 듯, 붉게
봉숭아꽃이 피었지만

아버지는 바위처럼 침묵하셨다

바위는 침묵이 울음이고 새는 노래가 울음인데

그 봄, 여름을 다 보낸 가랑잎 한 장도
저렇게 제 몸의 일부를 부숴야
바스락거리는 울음소릴 낼 수 있는데

나는, 너무 헤프게 울며 사는 것 같다

김영삼

울음은 소리 속에 있다

1

비탈진 언덕을 상여가 올라간다
곡(哭)도 없이 묵묵히 뒤따르는 상제들

- 이제 가면 언제 오나
- 저승길이 멀다 하나 대문 밖이 저승일세(오호 넘차 어호)

선소리꾼이 요령 흔들며 앞소리를 메기자
울음이 터져 나온다

2

산 중턱 양지쪽에 봉분이 올라간다
새끼줄에 지폐 꽂으며 헛곡소리 내는 상제들

- 친구나 벗이 많다 한들 어느 친구 동행하며
- 일가나 친척이 많다 한들 어느 일가 대신 갈까(에헤이 여라
  달구)

선소리꾼이 달구질하며 앞소리를 메기자
통곡이 터져 나온다

폭설(暴說)

눈사람이
눈을 맞을까 봐
눈 더미에 굴을 파고 안에다
누군가 석불처럼 모셔놓았다
나는 지나가던 발길을 멈추고
어느 눈 같은 사람을 생각하며
흐뭇이 입꼬리가 올라가는데
조무래기 한 놈이 쪼르르 오더니
다짜고짜 주먹을 날렸다
눈사람 머리통이 박살났다
짙은 눈썹으로 마냥 웃고 있던
순한 얼굴이 순식간 사라졌다
야! 너 왜 그랬어?
그냥요.

뭐 이런 씨불알 놈이 다 있나

못길

오갈데없는마음같은마른논에물꼬가트이고물이차고모가심어졌다

어디로가야하나앞이보이지않던마음에수십개가지런한길이생겨났다

분명한길이여만다니던몸이라쭉뻗은환한길을보자몸이먼저다가섰다

하지만저길은내몸이함부로갈수없는길이어서마음도두고눈만갔다

한길한길차례대로따라가다어느길에서는길손을만나듯오리도만났다

끝이빤히보이는길은왠지길이아닌것도같아가면서도순간멈칫거렸다

푸른가로수가호위하는번듯한길을반나절오가도모든길이오리무중이다

문자

마치 금방이라도 달려올 듯이 너는
'어디?'
짧은 여운을 남기고

이 늦은 밤에
아니 올 줄 알면서도 기다리는 것은
쓸쓸한 행복이다

너여, 기어코 오지 마라
이 긴긴밤을 내가 견딜 수 있는 것은
오지 않는 발자국을 기다리기 때문이다

이제나저제나
한 시간이나 두 시간이나

행여나 하는 마음이 있어
어둠을 더 어둡게 하는 마음이 있어

그나마 이 밤을 빨리 지새우기 때문이다

단순한 것이 강하다

생각은 새처럼 복잡하게 하늘을 날고
몸은 지렁이처럼 단순하게 땅에서 기지만

새가 지렁이를 잡아먹듯
생각이 몸을 잡아먹기도 하지만

결국 이기는 것은 몸이다

자취방으로 검은 빗소리는 새어들고
무얼 먹긴 먹어야겠는데 라면밖에 없고

구차하게 먹느니 산뜻하게 굶자고
생각은 고상하게 날개를 접지만

결국,
몸은 청승맞게 컵라면을 먹는다

정년

돌이켜보니
여직껏 내가 한 일이라곤

집을 떠나는 일

떠났다 다시 돌아오는 일

해 뜨면 일어나
어김없이 집을 떠나고

해가 지면 또 일어나
빠짐없이 집으로 돌아왔으니

아무리 멀리 떠났어도
언제나 돌아올 만큼만 떠났으니

오늘도 무슨 이유로 집을 떠났다
아무런 이유 없이 다시 돌아오는

녹슬어 가는 불알시계

서울에 가고 싶다

나는 여전히 서울이 멀고 불편하다
어쩌다 갈 일이 생기면
어떻게든 안 갈 궁리부터 한다
어쩔 수 없이 가게 되면
당일치기로 후딱 갔다 온다
그럴 때면 머리부터 발끝까지 은근히 신경을 쓴다
촌놈이라서 그렇다
정말 어쩌다 종로 거리라도 걷게 되면
사방이 으리으리해도 대놓고 한눈팔지 않는다
갈 곳도 없으면서 서울 사람처럼 바삐 간다
파도에 쓸리는 조개껍질마냥
인파에 밀려 이리저리 쓸려 다니다
놀라 달아난 혼을 찾아 돌아올 때면
영동고속도로 표지판만 보여도 손아귀가 풀린다
마치 집에 다 온 것처럼 편안하다
이처럼 빌려 입은 양복 같은 서울도
아주 이따금 가고 싶다
외로움이 경포바다 십 리 바위 같을 때
망망대해 같은 서울 한복판에서
차라리 이름 없는 돌섬으로 떠 있고 싶다

김은미

봄이 오는 소리

흰 발자국 위를 건너가던 지친 바람소리 대신
낯익은 노랫소리가 들린다

노랫소리가 어디서부터 오는지
아는 사람은 나밖에 없다

다시 귀 기울여 본다
너의 뜀박질 소리임에 틀림이 없다

차가운 공기에 소소소 스며들어
나를 향해 숨 가쁘게 달려오고 있는 너

나에게 봄을 전해 주려
남쪽 햇살 한 자락 주머니에 넣고

모퉁이에 서 있는 겨울의 등을 떠밀며
서툰 몸짓으로 무작정 달려오고 있다

너의 노랫소리가 나의 귓불을 스쳐 가면
첫사랑 손길이 살결 일으키듯
아지랑이 피어오르며
봄이 오는 소리로 흘러넘친다

봄은 너의 소리로 온다
너는 나의 봄에만 온다

운명

나를 사랑하나요

당신의 손가락을 따라
때마다 다르게 나는 소리
나는 당신의 건반입니다

베토벤의 운명
모차르트의 세레나데
젓가락 행진곡이 왔다가고
길 잃은 마음도 다녀갑니다

손가락 길이와 무게를 따라
미소가 레가토 스타카토
음성이 크레셴도 데크레셴도
절정의 순간엔 아르페지오

날마다 당신 손가락이 지나갑니다
상크름한 가을날은 더욱 기다려집니다

더 맑게, 사무치게, 황홀하게

다가올 쉼표는 생각하지 않겠습니다

나는 원합니다
당신의 뜻대로 마음껏 두드려 주세요
맑고 깨끗한 소리가 날 수 있도록

나는 당신의 건반입니다
나를 사랑하나요

변신의 미학

몸 바쳐 헌신했다
목덜미를 잡는 차가운 손길에
몸이 멍들고 영혼이 시려도
언제나 속을 내어주었다

흔들리다가 출렁이다가
폭포수 같은 눈물을 흘리고
찰랑이는 웃음을 쏟아내고
한없이 자신을 비워냈다

상처처럼 문신처럼
너를 팔기 위한 이름이 새겨졌지만

무심한 듯 푸른 옷, 갈색 옷을 갈아입다가
투명한 네 살결을 보여주기도 했다

어느 날 드디어 텅 빈 너는
울지도 웃지도 못한 채

바람의 입술을 흉내 내며
알 수 없는 말만 되풀이했다

넘어지고 쓰러지고
앞과 뒤 없이 나뒹구는 너에게
누군가 바로 세워
꽃 한 송이를 건네주었다

꽃의 얼굴을 받은 너는

꽃의 집이 되었다
꽃의 옷이 되었다
꽃의 몸이 되었다

꽃이 되었다

꽃의 몸이 되었다

너, 참, 잘 견디고 있구나
연민의 날개를 달고

너, 참, 잘 지내고 있구나
아픔을 벗어던지고

고이 접었던 몸
드디어 활짝 웃는다

고요하고 숭고한 웃음

나 홀로이 경계를 그어도
너만은 항상 곁을 지켜주었다

내가 세상을 떠나게 되는 날에도
너는 어디선가 피어나고 있겠지

해마다 날마다 때마다

끊임없이 희망을 실어 나르는 너

나도 너처럼 꽃피우고 싶다
살아서도, 죽어서도

하여, 사랑하는 이의 곁을
지켜주고 싶다

산목련

산기슭
머쓱히
서있는
목련
꽃

내
아픔
아는 게지

멀찌감치 떨어져
고개 숙인 채
다가오지
못하는 걸
보면

빛나는 숨결로
찬연한 봄을 빚은 후

이 말을 하고 싶어
내 앞에
나타난 게지

이미
봄이 왔어

살아야
해

중력

별이 내려와
꽃이 되었다

그건 너 때문이다

그런 너조차도
나의 속절없는 마음을
가라앉히지 못하니

무거울수록 허공으로 떠오르는
이 어이없는 마음을

제발 꼭 붙들어
매
어
주
렴

이슬

그 시인이

창가에
여명이 스며들 때
숲길을 걷는 것은

꽃잎에 맺힌
이슬을 닦아주기 위함이다

이슬은

밤이 새도록
그 시인의
시구가 되지 못한

시어들의
눈물이기 때문

김훈기

대화

등을 맞대고 다른 곳을 응시하는 건
슬픈 일이다

순개 마을에 가면
여울은
바다의 입술을 열렬히 열망하는데
언제라도 툭 터놓고 고백하고 싶어 안달인데
걸핏하면 이 둘을 이었다 끊었다 하는 모래톱이 있다.
토라진 연인처럼
여울과 바다가 등을 보이는 날이면
속내를 다 내보일 수는 없다는 듯
파도는 늘상 핑계만 쓸어내린다,

적도의 바람처럼
아내와 등을 마주하기라도 하는 날이면
대화는 아득히 쓸려가고
머언 수평선을 생각하는 나는
넓은 바다로 내닫기만 하는데

모래톱이 둘을 갈라놓는 날이면
나는 신발을 벗어 던지고
모래톱을 밟으며
파도의 핑계를 뭉개버릴 궁리나 하면서
그 슬픈 대화를 곱씹어 보곤 하는 것이다

백비

— 제주 4,3 기념관 유감

잊힐 수가 없어요, 잊어서는 더욱 안 돼요

혈우 내리던 그 날

그건, 차라리 가위눌린 악몽이었길…

거대한 검은 구름이 대지를 덮치고

갈기갈기 찢겨나간 육신의 피가 바다로 흐르던 날

끝내, 훼절(毁折)되고 변질돼버린 죽음 앞에

흙에 기대어 살던 순수의 무지는 원죄가 되어

비틀려진 진실만 낙인으로 남았으니

악귀가 그어 놓은 붉은 줄 하나

천형이 되어 그 숭고한 생은 잊혀져 갔지만

잊는 것이 죄스러워

잊히는 것이 살 떨려

생채기로도 남겨질 것이 두려워

여기,

하얗게 바랜 심장으로 남았습니다

야외수업

다음 시간엔 원소 기호 순기서열을 외워 올 것

'알코올은 몇 번째지?'

'알코올과 인체의 화학적 반응은 어떻게 나타날까'

'각자 상상하고 느끼는 대로 반응을 설명해봐'

'이 학기 과학 실습점수는 이것으로 대신 하겠다'

은어가 굵어지는 팔월 고향 강변에서 낚시오신 선생님과 여드름투성이 몇몇이서 천둥벌거숭이가 되던 시절, 은어와 매운 고추와 식초 듬뿍 섞은 고추장과 소주 몇 병이 준비물의 전부였던 덜 자란 사춘기들의 수업을 빙자한 천렵

한참이나 벗어난 시간 사이
강박 된 시간과 툭 떨어져 나간 여유로
모두의 눈은 최고와 황금으로만 향하고

더 이상 멈추지도, 멈출 수도 없는 그 무엇이
서로를 묶는 것인지 벼랑 끝으로 내미는 것인지는
알 수 없지만

가장 허기진 시절의 가슴을 가득 채워주신

초롱 한 저녁별이 되어 가신 과학 선생님

오세암

거친 계곡 물소리도
세찬 바람을 몸살 내던 나뭇가지도
속세를 향한 거침없는 벌레들의 항변도 마침내
거친 호흡을 내려놓았다

바다를 연모하여 쉼 없이 모래톱을 긁어대던 파도 같은 시간
이나
빈 배처럼 허기지던 낭만의 시절이나
불꽃같은 애증의 불온한 마음이
안온을 꿈꾸며 다섯 살 천진난만으로 돌아가
묵언에 들고

낯선 포옹이 두려워 멈칫거리던 첫사랑처럼
나직이 전해오는 안온한 두려움
황어가 오를 때면 길게 갈라지던 물줄기를 보며
그리움의 깊이를 가늠하던 기억과
세상에 홀로남아 곱씹던 외로움이
점점 건조해져 가는 나를 간신히 지탱하였으니

허기진 예순의 안타까움도
허욕에 버둥거리던 마흔의 허영도
찬란한 스물의 거침없던 포효도
생경한 풍경소리에 묻혀 먹먹해지는 윤회의 시간
산봉에 간당거리는 석양이 잦아들고
내심의 빈곤이 부끄러워
법당 마루에 돌아누워 내세를 탐하려니
고스란히 구속당하는 내 황홀한 자유

마음의 가난을 채워주는 노을 같은 안온

운산분교에서

운산분교에 갔어요,
옥천초등학교 운산 분교장

손바닥 만 한 작은 운동장
거침없이 재잘거리는 하얀 망초꽃들
천진난만에 흠뻑 빠져
천방지축 하나가 되었어요

한 점 티끌 없는 눈망울
무한의 꿈을 먹는
그 안에
티끌이 되어
비취옥 같은 눈망울에 티끌이 되어

너무 밝고 뜨거운 여름 그늘아래
내 뿌연 가슴의 가로줄을 내렸습니다
다시는 안을 수 없을 줄 알았던
순수의 시절

파르르 껴안았습니다,

마침내,
꿈꿀 수 있을 것 같아
토닥토닥 나를 잠재울 수 있을 것 같아

망초꽃 활짝 웃어
하늘 향해 하얀 이빨 드러냅니다

배려

너무 밝고 뜨거운 여름 하늘이 두려워
울울창창 숲에 들었어요,
그러고는
숲속 평평한 바위에 등을 눕혔습니다

나무와 나무 사이
지구의 국경선처럼
가는 경계선을 만드는 잎들
이파리 어느 것 하나도
제 옆을 다투지 않고
기꺼이 곁을 비워놓습니다

가는 실금 사이로
깜깜한 밤 쏟아져 내리는 별빛처럼
생애 가장 밝은 빛으로 다가와 안기는
파 아 란 하늘

어느새
굳어버린 마음의 골격에
물들일 틈새를 만들어주는 것이었습니다

엿 같은 가을

엿 같은 가을이다

마음이, 감전된 갈까마귀처럼 파닥여서
가을은 이리떼처럼 이리 내게로 달려드는 것인가

심신의 밖을 갈망하는 나를 잡으려
피 토하듯 악다구니를 해 대도

절정의 절창, 그 후의 가을은
내 안에 참을 수 없는 남루를 안기는 가난

금방 비질한 오후의 가을마당처럼 건조한
미처 추스르지 못한 마음의 경계

가슴을 조각조각 회 뜨고
찬물에 밥 말아 우걱우걱 삼켜도 끝날 것 같지 않은

엿 같은, 가을의 허기

배인주

비를 심는 날 ‖ 촌집

비를 심는 날

빗속에 갇혔네
스위치 누르듯 누르면 비가 올 것 같은 날

가슴을 꾸욱 누르니
그 여자 온몸 흠뻑 젖었네
맑은 날에도 자욱한 빗소리 들릴 것 같은
대나무 총총한 낯선 곳에서의 하룻밤
오늘은 비를 심기로 해 보는 날

떠나보낸다는 것은
혈액은 점점 응고되어
희미한 심박수만 남는 것
모두가 풀어지는 시간 같은 것

그 남자
지나가던 휘청 굽이진 골목길
이제는 옅은 치자꽃 내음만 가득하고

그 여자

주인 없는 바람에 흔들리는 미역처럼

오늘은 바다에 비를 심는 날

촌집

처마 아래
초가을 건들장마

새도 날지 않는
비 오는 날

—장작도 혼자는 외롭다
—짝이 있어야 오래 탄다

아궁이 앞에 쪼그리고 앉아
혼잣말로 빙시레 웃는다

유지숙

쉼표

종일 걸어온
신발이 아프다고 하네

어둠이 눕고
비늘 같은 별빛이 등을 밀면

현관이 웃으며 도닥이네

뒤축 닳은 신발이
귀뚜라미 소리 듣네

애호박 숭숭 국수를 끓인다

호박 넝쿨을 보면 기웃기웃
둥근 애호박을 보면 사는 습관이 있다

여름비 내리는 날 당신은
호박잎 우산을 쓰고
젖무덤 같은 호박 한 덩이 들고 오셨다
스텐 양푼에 국수 반죽을 하시며
빗줄기 세차게 내리면 호박꽃술 시릴까
호박을 자식 같이 소중히 하시던 어머니

호박이 자라던 밭 어귀에
개망초 꽃물결이 옥양목처럼 일렁이고
오래 기억되는 건
당신의 손끝에서 나온 맛이어서
새벽 번개시장에 가면 호박을
사고 또 사고

오늘도 애호박 숭숭 썰어
국수를 끓인다

삶

나무가 되고 싶은 날
나를 내려다본다

봄
햇살에 눈 비비는
물관 따라
속살 깨우는
사방에서 돋아나는
여기저기
생의 오케스트라 너울너울한다

여름
구름이 오고 가는 길목
펄펄 끓는 태양의 유희로
파랗게 피어나
서로의 잔을 채운다

가을

신념은 우수수
홀로 서서 독백처럼
걸어온 발자국 지우는
산꼭대기에서
바닥을 서너 바퀴 남겨두고
베토벤 전원교향곡을 듣고 있다

겨울
부스스 수척해진 수피
그 안에서
옥양목 같은 빛으로
저무는 서편
하늘에 기대고 있다

르노아르

르노아르의 그림 첫나들이를 좋아한다 르노아르를 신고 남
대천 변을 걷는다 쓰르라미 소리가 바람이 억새들의 머릿결을
만지며 지나가고 가마우지 한 마리가 천변에서 졸고 있다 쓰르
라미가 우는 저녁 혼자 맨발로 걸었다 멀리 남항진 솔바람다리
사이로 해풍이 걸어오고 있다 바람도 걷고 쓰르라미 소리도 걷
고 억새 머리결도 걷는다 걷고 또 걷는다 르노아르가 좋아 르
노아르 구두만 신는다는 그의 구두소리는 들리지 않는다

르노아르가 그리운 저녁

강문, 해맞이

수많은 구릉의 행간에서
광선 다발을 안고 문법에 발이 빠져
불침번의 파도가 붕대 같은 어둠 밀어내면
달 숲을 뛰어나온 붉은 얼굴을 보면
누구든지 일어서고 무엇이든 뛰게 한다
설렘의 하루를 선물한다
강문 바다가 열리면
추락하던 사람도 일어서게 한다
강문 바다에는 폐허가 없다
슬픔을 관통하고
엉겨 있는 매듭을 풀어준다
화상(話傷) 입은 귀를 씻어준다

뭉크의 섬에 앉아 노래하는 꿈을 꾼다

달집 태우기

하늘에는
옥토끼 두 마리가 방아를 찧고

정월 대보름 남대천
댓잎 무성한 달집
청대 터지는 소리
잡귀는 연기 따라 줄행랑치라고
두 손 모아 소지 올리는
주름진 손

연기 사이로 고개 내민
보름달 빛 따라
복을 발신하는
밤과 낮의 경계를 허물고 사람들
함박웃음 터트린다

나도 어깨를 들썩이며 하늘을 쳐다본다

기억의 다락방

시간은 속도 조절 중이다
다락방의 묵언 유적

높이 오를수록 멀리 보이고
폐허를 모르던 꿈의 계단에서
진한 꽃향기에 풍덩 빠져
세상의 두근거림을 펼치던 날개였다

운명의 카운트다운
서로 다른 피가 만나
발광을 시작한다
계절을 알아볼 사이 없이 들판을 달렸다

사막 한가운데서
모래바람 마시며 서로의 체온을 앓던
내 몸의 열쇠라고 여기며 차곡차곡
쌓아놓은 다락방에서 문자를 찾는다

쫄깃한 눈물의 모음
먼지 묻은 나침반이 웃고 있다

풍력발전기

하루에도 몇 번의 지구를 도는 그대

비바람도 눈보라도
태양이 벌인 염천炎天의 굿판에서
허리 펼 새 없이 풀무질하며
낯선 소리 공중을 깨며 벼린
부리들의 노래에 위로받는다

인도코끼리 같은 애초의 이름
아버지
희망의 날개 못질하는 대장장이로
계절을 분간하지 않는 힘의 역사를
분출한다

몇억 광년 동안 불침번 파수꾼이 되어
양들의 꿈을 이어 깁고 있다
내일도 바람의 쳇바퀴를 돌릴
당신의 성지
지치지 않고 생의 조각보 만들고 있다

전지剪枝를 하며

4월의 폭설은 가늠되지 않는 고뇌

무게를 견디지 못해 부러진
소나무 가지를 잘라 낸다

부러지고 잘라내는 것이 어디
그뿐이랴
손톱 발톱을 전지한다
손끝에서 피가 난다
화장실 바닥에 버려진
손발톱을 샤워기로 씻어낸다
물로 귀를 씻는다
귀와 몸에 쌓인 말들을 씻어내듯

뾰족한 언어의 허언들
손끝 발끝으로
천천히 빠져나가고 있다물티슈

물티슈

젖은 것은 부드럽다

마른 것과 젖은 것
젖은 것과 마른 것
그 경계는 부러지는 것과 휘는 것
부러지는 것은 흔적이 있고
휘어지는 것은 새삼스러운 것이 아니다

젖은 말은
원망하는 속엣말도
귀가 말랑해진다
물기 없는 좋은 말은 귀가 아프다

물티슈로 문틈 사이에 끼어있는
먼지를 닦는다
부드럽게 달라붙어
마음이 촉촉해진다

나도 누구의 눈물 닦아주는
물티슈가 되고 싶다

이순남

손님 접대

산밑 수무골에 출장을 갔다
축사주인 어디 가고
조그만 강아지 한 마리가 나를 반긴다
음전한 황소들은 예를 다하는 듯 하나둘 일어서더니
맑은 눈으로 나를 지켜 보고 있다
새로 설치한 목걸이와 물통의 개수를 확인하고
사진도 찍고 소 숫자도 세어보고
나오는 길이 뭔가 아쉽다
얼굴이 넓적하고 어깨가 우람한 소들이
듬직한 장정처럼 느껴지는 것이
친구를 남겨 두고 떠나는 심정이다
전 어떤 생에 저들과 둘러앉아 탁배기 한잔을 같이했을 듯도
싶다
축사를 나서니
강아지가 차까지 따라 나오고
나가는 내내 소들이 눈길을 떼지 않는다
주인 없는 축사
짐승들이 손님 접대를 한다

감자

감자꽃 지고
잎줄기도 말랐다
땡볕에 아낙이 감자를 캔다
알을 품은 어미 닭같이
성긴 뿌리는
감자알을 꼭 품고 있다
검은 흙 속에 해맑은 감자들이
햇병아리 같이 깨어난다
태어나 처음 눈을 맞춘 아이의 눈빛을 닮았다
밭고랑에 옹기종기 모여
둥근 숨을 쉬고 있다
오늘 저녁 아낙의 집 저녁 밥상
감자를 먹는 식구들
영혼에 불 켜질 것 같다

꼬순이

전생이 개였을 것 같은 나와
인간의 말을 알아듣는 강아지와 산책을 간다

고집 센 강아지는 먼 길을 돌아가려고 하고
나는 지름길로 가려고 한다
목줄을 팽팽히 당기며 힘겨루기를 한다

꼬순이는 풀냄새를 맡고
나는 지나온 일을 뒤적이며 걷는다

꼬순이는 잔디밭에 배를 깔고 날아가는 새를 보고
나는 싱크대에 쌓인 그릇을 생각한다

꼬순이는 따라오는 수캉아지에게
눈도 주지 않고 가는 길을 간다

삼창연립 옆 골목을 지나
논둑길 풀 위에서 응가를 하고
기어코 남산공원으로 발길을 돌린다

강아지는 나를 끌고 두 시간이나 다닌다

엘리제를 위하여

교생 선생님의 마지막 수업 날

우리는 선생님의 첫사랑 이야기를 졸라 들었다
선생님은 끝인사 대신 음악을 들려주었다

화단에는 금계국이 무리 지어 피었고
뽀얀 안개가 운동장에 머물러 있었다

막 피어난 꽃송이 같던 우리는
엘리제가 되어
아름다운 사랑의 날을 꿈꾸었다

비가 자주 오던 초여름
일찍 키가 큰 꽃대는
우리처럼 숙성했다

꽃 빛보다 환한 그 날을 그리며
우리는 안개 속으로 스며들었고

'엘리제를 위하여' 가 들릴 때마다
그날의 꽃밭이 펼쳐지곤 했다

사과

내려다보이는 게
싫었다

장바닥에서
사과를 팔던 엄마

쌓인 사과 더미 밑으로
숨고 싶었다

엄마는 하루종일
나무 밑동처럼 앉아
뿌리가 내릴 것 같았다

나무껍질 같던
엄마의 손이
봉지에 사과를 담아 주고

바닥에 깔린

초록색 보자기가 보이기 시작하면

그제야 우수수 먼지를 털고
일어서셨다

한더미
붉고 둥근 사과는

교복도 되고
운동화도 되고

어떨 때는
싸움질로 부러진
코뼈가 되기도 했다

너도나도 잊지 않고 있다

웅크렸다 일제히 튀어 오르는 팝콘같이
남쪽에서 오는 버스는 봄을 달고 도착한다

해안선을 따라 사구를 지나며
봄꽃을 피우며 다가오고 있다

만개한 벚꽃이 줄을 지어 도열하여
바람에 일렁이고 있다
꽃잎에 비친 세상이 아름답다

이대로 그대로
한 달만 갔음 좋겠다

너도나도 잊지 않고 있지만
버스는 또 다른 계절을 달고 왔던 곳으로 간다

낙엽이 잘게 잘게 부서져 내린다
철없는 지난날이 조각조각 부서진다
추억의 흔적들이 사라져 간다

풍경

그 여름 우리는 마당 성긴 멍석 위에서
찐 감자와 옥수수를 먹었다

꺼질 듯 살아나는 모깃불은
밤이 깊도록 피고

불빛으로 모여들던 날개 예쁜 나방은
인생의 절정에서 박제가 되어
창호 문살의 장식물이 되곤했다

마당가 옆 늘어진 옥수수 잎에
줄지어 붙은 풍뎅이며
불 속으로 달려들던 하루살이며

청춘의 한 날에 멈춰버린 첫사랑처럼
기억의 창살 위에 올려져있다

더운 날 혼자 먹는 저녁

생쑥 연기에 맵던 그 날처럼
나는 자꾸 눈이 아리다

임인숙

정박 ‖ 날개 없는 갈매기 ‖ 사춘기 ‖ 황룡주黃龍酒 ‖
겨울은 오고야 말 것이다 ‖ 회심곡(會心曲) ‖ 목련이 오는 날

정박

눈물 바람이 불던 날,
줄 따라서
오빠는 광부로 언니는 나이팅게일이 되어 서독으로 갔다

동생들은 학교에 보낼 수 있겠다고
송곳 꽂을 자리 하나 없는 농사꾼 아비에게는
땅마지기나 마련해 줄 수 있겠다고

오십여 년 전 우리 오빠 언니가 그랬던 것처럼
선주 김씨 어린 아낙은 베트남에서 왔다.
송편 빚다가 비행기 없는 하늘 올려보며 눈물짓던 엄마처럼
저 이 엄마도 풀기 없는 밥알이 때마다 목구멍에 걸리겠다

닻을 내린 어선이 건들거리는 오후
낯선 추위에 덜덜 떨던
솜털 보송한 이국의 새색시 작은 몸은 짠바람에 절고
오징어는 빨아 넌 런닝처럼 펄럭거린다

낯선 막장에서
낯선 주검앞에서
덜렁거리던 가슴처럼

줄에 매인 것들은 제 뜻과 상관없이 흔들린다

날개 없는 갈매기

흙에서 태어나긴 했지만,
흙이 깔깔할 때는
날개를 펴고 몸을 기류에 맡겨봐요

햇살은 강보처럼 보송보송하고요
바람결은 엄마 손결같이 간지럽지요
몸이 수직으로 기울어도 마음은 수평이 되어요

구렁덩덩신선비 이야기로
보이지 않는 날개를 달아준 수국 같은 엄마

옛날이야기 좋아하면 가난해진다고 하면서도
밥상을 밀어놓고 에밀레에밀레 운다는
종 이야기도 해줬어요

엄마 무릎 베고
우리는 종소리 따라 멀리 날아다녔어요

본 적 없는 바다를 갈매기처럼 날아다녔지요

사춘기

들끓고 있는 분노,
어쩌지 못하는 너는
바위에 자신을 냅다 던지는 파도

거세된 꿈은 해변에 밀려온 쓰레기
꾸역꾸역 삼켰던 사랑은 명치에 얹혔다

주먹을 쥐고 가슴을 쳐도
너는 그 사랑 토해낼 수 없어

하고 싶은 말은
돌아오지 않는 메아리처럼 하얗게 스러진다

황룡주黃龍酒

보이지 않는 것을 볼
재간이 없는 나는
맑고 투명한 이슬만 좋아했다

그대의 이름은 황룡주黃龍酒
처음 만난 그대는 짙고 특특해서
그 속을 알 수 없어
가만히 입술만 댔다

목을 핥고 내려가는 결이
목청 좋은 창부唱婦의 정선아리랑 같이
고개고개를 부드럽게 넘어간다
깊은 골에서는 갈잎 내가 난다

덖고 묵히면
어린 새순은 익은 가을 내가 나고
독한 것은 순하게 만드는가 보다

그대의 넉넉하고 깊은 맛에 반한 저녁
독하게 떠나보낸 것들이 보고 싶다

마음도 덖고 묵히면
날카롭던 첫사랑의 기억도 순하게 나를 찾아 올까
깊은 골 가을 내가 날 때까지 마음을 덖고 덖어야겠다

겨울은 오고야 말 것이다

처서 지난 연당에서
목 시린 엄마의 사계를 본다

외할아버지 애틋한 사랑둥이 막내딸
앞니 빠진 엄마가 있고
윗집 오빠 하모니카 소리에 잠 못 이루었다는
열여섯의 볼 붉은 엄마가 있다
객지살이 아들이 끼니를 거를까
애태우며
때마다 부뚜막에 밥을 떠 놓으시던 엄마
꽃밥이 영글어 갈수록 등 굽어가는 꽃대
물기 잃은 꽃대처럼 허리 꺾인 구순의 엄마를 본다

애벌레처럼 등 말은 엄마는
서쪽 창을 향해 자주 모로 눕는다

회심곡會心曲

산목련 지고
단단할 줄 알았던 초록이 갔다

적막은 자주 찾아오고
나는 가을을 탄다

그 심사 알아챈 듯
카 오디오에서 때맞춰 나오는 구성진 백발가
목탁을 치듯 마디마디 머리를 친다

또-한 말 들어보소꽃이라도늙어지면오든나비돌아가고나무
라도병이들면눈먼새도아니오고비단옷도헤어지면물걸래로돌아
가고좋은음식쉬어지면수채구렁찾아가네세상사를굽어보니만사
도시몽중이라*

천 번 만 번 지당하신 말씀

노염이 사라지고
회심(會心)의 미소가 절로 나온다

* 영인스님 회심곡 15중 일부, 가람레코드

목련이 오는 날

처마 끝에서는 봄눈이 밤새워 울었다
세상에 온다는 것은 서러운 일인가 보다
울음이 먼저 오고 창밖에 목련이 왔다

지은영

강릉 한달살이 ‖ 아가에게 ‖ 집짓기

강릉 한달살이

적금을 모아모아 새로운 도시탐험
망설임 하나 없이 첫 번째 그의 선택
스승과 제자로 만나 믿는 구석 영진항

오죽헌 가로수길 선교장 둘레 산책
난설헌 시 향기와 허균의 숨 고르기
최소한 식량만으로 비워지는 가벼움

알람도 필요 없고 나만을 위한 공기
무심한 시선으로 바닷가 아침 산책
모래톱 산수화 보며 채워지는 머릿속

햇살이 뜨거운 날 시원한 그늘
책 한 권 베개 삼아 누워서 하늘 보기
성과를 내지 않아도 미동 않는 삶의 결

배추밭 안반데기 별빛을 선물하는
수목원 솔향 가득 소나무 숲에 안겨

경포호 달 거울 보며 환해지는 내 마음

이틀을 남겨 두고 고민에 잠 못 들고
한 달 더 살고 싶은 일 년쯤 머물고픈
아쉬움 거두지 못해 하루 더 산 강릉살이

아가에게

울면서 마주한 지구는 추웠다
첫 마중은 어미가
두 번째 마중은 어미의 어미였다

네 울음도
내 눈물도
기쁨의 표현이었을 테지

어느 것 하나 마음대로
하지 못하는
네가 할 수 있는 건
울음과 미소였다

살면서 받는 칭찬의 90퍼센트는
태어나 일 년 안에 다 받을 거다
잘 잔다고
잘 먹는다고
잘 싼다고

너의 어미도

어미의 어미도

또 어미의 어미도

사랑스런 생명체

고귀한 존재였을 테지

집짓기

땅의 기운을 살핀다
비가 내릴 때 땅을 파면
더 깊이 잘 팔 수 있다

세우려면
첫 단추가 중요하다

고래등 같은 집이 아니라면
새우등 같은 집이라도 지어야 한다

기둥은 단단해야 하고
기초는 튼실해야 한다

부드러움이 감싸고
온기가 가득하면 된다

한경림

시월 초하루 ‖ 독(毒)

시월 초하루

시월 초하루 국군의 날
남대천 잠수교 하늘 위에 편대비행 여섯 대가 떴다
귀 창을 때리며 몰려들었다가
떨어지고 솟구치는 곡예

다리 절룩이던 늙수그레한 아저씨 유모차에 의지해가던 할머
니
새파랗게 팔짱 끼던 청바지의 젊은 한 쌍 주절주절 전화 걸
던 아낙도
흩어져가던 우리들은 다리 위에서 한 곳을 우러러
목 빠지게 본다

드디어 비행기 꽁무니에서 핏줄 터진 하얀 연기가
하늘을 오려낸, 둥글고 큰 태극기
고동치는 뜨거운 태극기
주먹이 뭉클 뜨거워
연기를 움켜쥐고 놓지 않는 하늘

스무 번도 더 우러러보다가
한참을 더 집중하여 넋 놓고 서 있다가

머리 위에 하나씩 태극기를 받아 이고

중앙시장으로 김칫거리 사러 부지런히 가는데
잠수교 밑 물결들도 앞만 보고 사뭇 달렸다

독毒

채마밭으로 인분 독을 지고 가던 연수 아버지
짚 마개가 찔끔 흔들릴 때면
흘러내리는 독의 향기를 맡으며
우린 어릴 때부터 그 청무를 먹고 컸다
아무래도 나의 등줄기를 곧추세워 주는 것은
몸에 고루 퍼진
독의 힘 같다

조금 전에
몸이 독인 줄 모르는
털이 숭굴숭굴한 송충이 한 마리가 달려올 때
한입에 털어 넣고 간 참새에게도
독이 힘이 되어 달달 했겠다
매콤하고 달던 청무처럼

나의 어둠이 자리를 펴고 앉은
갈나무 숲
부르다 헤진 이름들과 낡은 오늘을

숨어 우는 벌레처럼 한탄하다가도
불끈 일어나
살아있어도 다시 살아나는 이것은
분명 태산 같은 독의 힘이다

남은 애환과 근심이여 마구 오라!

황영순

가을비

옹이 박힌 나무 위에

딱새가 젖은 옷을 입고 돌아앉는다

갈참나무 끝을 돌아 나온 바람이

새의 품속으로 들어간다

후두둑

가지를 떠난 가을이 도착점을 알린다

부재 · 1
— 엄마를 보내고

환하다

〈환하다〉를 팔로우한다

따라다니지 말라 한다

너무 환해서

너무 환해서

사방이 환해서

미치도록 사방이 환해서

분을 바르다가

분을 바른다

분첩과 분첩 사이

또닥 또닥

얼굴과 얼굴 사이

주름과 주름 사이

간격이 뭉개져

또닥 또닥

깊이가 알 수 없는

시름을 건넨다

아주 오래전 주문진항에는

　집게다리 펼쳐 든 게들이 사방에서 몰려든다 호박 단추만 한 깔판을 단 문어들이 홰치며 일어나 달려오면 우럭이의 발바닥 이 번개 불에 콩을 볶는다

　주문진항 갈매기 옆에는 살찐 큰실베짱이가 살고 있다 주식 은 참이슬이고 간식은 에쎄 수 0.5다 그 옆에는 기어가지도 못 하고 날아가지도 못하고 있는 대로 주둥이를 빼물고 살아가는 우럭이가 있다 튀어 오르지도 못하고 가라앉지도 못하고 날마 다 시큼 텁텁한 눈알이나 굴리며 살아가는, 베짱이는 베짱이다 워야 한다 머리에 붉끈 띠를 두르고 바닷바람 솔솔 불어오는 양철지붕 밑 의자에 기대어 돌풍이 불던 번개가 치던 무슨 대수 라며 신나게 이슬을 마신다 가끔씩 갈매기 울음에 장단이라도 맞추듯 쓰르르 쓰르르 헤벌죽 음메음메 목을 꺾기도 한다 어 디서는 귀신고래도 가끔 나온다고 하던데!

　오래전 언제부터인가 주문진항 갈매기 옆에는 큰실베짱이와 큰 발바닥을 몸으로 달고 사는 우럭이가 살고 있다

집으로 가는 길

미동도 않고 흐르는 시간

먹장구름 여린 풀숲에 내려

햇살을 감는다

외줄의 착지 꿈꾸며 봄비 차창을 두드린다

투명한 창 속 내장이 파란 풀잎 소리 보이고

파도 출렁이는 주문진항 언저리 주문진풍경 보이고

어느 연못가 개구리밥으로 뛰어오르는 물무늬가 보이고

희고 눈부신 꽃으로 피어나는 사월 점점이 보이고

집으로 가는 내가 보이고

빗소리 소리 속에 음계를 타고 돌아가 앉는

먼 산이 보인다

통영에는 · 2

비린내 물큰한 속으로

진달래도 가고

개나리도 마 악 가고

돌아앉은 동백도 뭉클뭉클

가려고

　옛날이 가신 선착장에는 크루즈가 출항을 기다리고 객주 집 툇마루에서 백석 시인이 만났다는 어여쁜 천희가 불을 먹고 사는 나비가 되어 보이질 않는 길 밖의 한 세계에 몸 날린다 몸이 세계에 붙어 있다

풍경

몇 번의 여름이 왔다 가고 바다는 어제처럼 알맞은 높이로 파도를 철썩 인다 빛나는 의자에 앉아 여자는 이제까지 마신 스무 잔의 커피를 헤아린다 발끝으로 선글라스의 다리를 똑똑 부러뜨린다 떨어진 다리가 하늘로 튀어 오른다 헤아리다 만 커피들이 덩달아 튀어 오른다

한 스무 개의 선글라스가 지나간 것 같다 마스크가 지나간 것 같다 바이러스도 상관없다는 얼굴로 위드 코로나를 외치며 배알을 잃어버리고 쓸개를 잃어버린 얼굴 없는 오빠들이 두 손으로 선글라스를 받치고 지나간다 마스크를 부축이며 가자미의 눈을 밟고 지나간다 따가운 햇살에 말랑말랑한 눈을 가진 여자가 광경에 혀를 말아 올린다 덜 여문 여자들이 총총 걸음으로 오빠들 다리 사이를 빠져나간다 식은땀을 흘리는 오빠들 사타구니 밑으로 웃음소리가 깔깔깔 일어난다 여자는 물끄러미 닿을 수 없는 얼굴을 하고 희멀건 엉덩이를 내어놓은 여름을 둘러본다 먹물을 뒤집어 쓴 오빠들 선글라스들이 입가에 흰 분칠을 하고 오빠는 강남스타일 오빠는 하는 사이 여름은 저만큼으로

시와소금 시인선 · 137

호박잎 우산을 쓰고

ⓒ시림詩林, 2021, printed in Seoul, Korea

초판 1쇄 인쇄 2021년 12월 15일
초판 1쇄 발행 2021년 12월 20일
지은이 시림詩林 동인회
펴낸이 임세한
펴낸곳 시와소금
디자인 유재미 정지은

출판등록 2014년 1월 28일 제424호
발행처 강원 춘천시 충혼길20번길 4, 1층 (우-24436)
편집실 서울시 중구 퇴계로50길 43-7 (우-04618)
전화 (033)251-1195(팩스겸용), 휴대폰 010-5211-1195
전자주소 sisogum@hanmail.net
ISBN 979-11-6325-040-1 03810

값 10,000원

* 이 시집은 강릉문화재단 후원으로 발간되었습니다.